VOYAGE DE MADEMOISELLE LILI AUTOUR DU MONDE

TEXTE PAR P.-J. STAHL, DESSINS PAR L. FRŒLICH

GRAVURES PAR E. MATTHIS

BIBLIOTHÈQUE DU MAGASIN
D'ÉDUCATION ET DE RÉCRÉATION
J. HETZEL ET Cie, 18, RUE JACOB

VOYAGE

DE

MADEMOISELLE LILI

AUTOUR DU MONDE

PARIS, TYPOGRAPHIE DE J. CLAYE.

COLLECTION HETZEL

VOYAGE DE MADEMOISELLE LILI

AUTOUR

DU MONDE

TEXTE PAR P. J. STAHL

DESSINS PAR LORENZ FRŒLICH

GRAVURES PAR E. MATTHIS

BIBLIOTHÈQUE
D'ÉDUCATION ET DE RÉCRÉATION
J. HETZEL, 18, RUE JACOB

AUTOUR DU MONDE

SONT-ILS HEUREUX, LES VOYAGEURS!!!

AUTOUR DU MONDE

GRANDE EXPÉDITION MARITIME

I

Le papa et la maman de Mademoiselle Lili ont été obligés de partir subitement pour Paris. Ils ont laissé Mademoiselle Lili et Messieurs Paul et Toto, ses deux cousins, qui n'ont plus leurs parents, sous la garde de Miss Dora, leur gouvernante anglaise, et de la vieille Jeannette, la cuisinière, dans la jolie propriété qu'ils habitent l'été.

Tout a d'abord été à merveille, mais Miss est tombée malade, et les enfants, qui n'ont plus de devoirs, passent leurs journées à jouer, à se promener dans le parc et à lire. Monsieur Paul, qui se destine à être marin, a lu l'histoire des voyages, et Mademoiselle Lili, celle de Robinson Crusoé. Ces lectures, mal comprises parce qu'elles ne sont pas précisément des lectures d'enfants de leur âge (Mademoiselle Lili n'a que sept ans et Monsieur Paul n'en a pas huit), les ont prodigieusement exaltés. Ils ne parlent plus que de voyages, ils ne rêvent plus que d'îles désertes. Monsieur Toto lui-même, quoiqu'il n'ait que quatre ans et qu'il soit d'un naturel paisible, a subi l'influence des conversations de Mademoiselle Lili et de Monsieur Paul, dont il ne perd pas un mot.

« Sont-ils heureux, les voyageurs ! s'écrie Mademoiselle Lili à chaque instant.

— Mais tu as déjà fait un voyage, toi!

— Oh! dit Lili, j'étais trop petite. Ça ne compte pas.

— Si j'étais tout à fait grand, dit Monsieur Paul, je voudrais faire le tour du monde, et même plus d'une fois.

— Moi aussi, dit Monsieur Toto, pour manger des bonnes cannes à sucre. »

PETIT-PIERRE RACONTE QU'IL A DÉJA ÉTÉ TRÈS-LOIN SUR LA RIVIÈRE.

AUTOUR DU MONDE

II.

Commencée dans le salon, la conversation s'est prolongée jusque dans le jardin. Les personnes qui aiment trop les voyages ne restent pas longtemps à la même place.

Petit-Pierre, le fils du jardinier, interrogé par Mademoiselle Lili, raconte qu'il a déjà été très-loin sur la rivière avec Antoine le pêcheur. Il a vu là des choses extraordinaires. Il paraît que la rivière est très-longue. Antoine lui a dit que si on allait encore plus loin, on finirait par trouver la mer.

« Toutes les rivières vont dans la mer, dit Mademoiselle Lili. C'est dans la géographie, ça. Il faut donc qu'elles soient longues, car la mer, c'est très-loin.

— Pas si loin, » dit Paul.

Le récit de Petit-Pierre a rendu Mademoiselle Lili très-songeuse et a singulièrement surexcité l'imagination de Monsieur Paul.

« Ah! si on pouvait seulement avoir un vaisseau et aller sur l'eau, dit Mademoiselle Lili, peut-être qu'on retrouverait l'île de Robinson. Quel dommage qu'une île comme ça soit perdue! Une île où il y avait *de tout* dedans!

— Peut-être aussi qu'on ferait d'encore plus grandes découvertes, comme Christophe Colomb, dit Monsieur Paul.

— Ah! Paul, dit Mademoiselle Lili, si tu étais brave, si tu étais déjà capitaine de vaisseau, si tu savais ramer!...

— Je sais ramer, dit Paul, j'ai déjà ramé une fois. »

— Moi, je découvrirai la plus grande, dit Toto.

— Seulement, dit Paul, nous n'avons pas de vaisseau...

— Peut-être, dit Mademoiselle Lili d'une voix grave, peut-être!... » Et revenant vers Petit-Pierre qu'on avait laissé à l'écart mangeant une grosse pomme et un gros morceau de pain :

« Petit-Pierre, lui dit-elle, tu connais des pêcheurs. Il nous faut un vaisseau pour une idée que j'ai. Si tu nous en trouves un d'ici à demain, je te donnerai un gros deux sous. »

AUTOUR DU MONDE

MONSIEUR TOTO TROUVE LE BATEAU TRÈS-JOLI ET BIEN ASSEZ GRAND.

IV

Le lendemain matin, Petit-Pierre apporte à Mademoiselle Lili un beau petit bateau, qu'il a taillé lui-même avec sa serpette dans un morceau de sureau.

Mademoiselle Lili est révoltée. Paul donne à entendre à Petit-Pierre qu'il est un nigaud.

Monsieur Toto trouve le bateau très-joli, et bien assez grand...

« Eh bien, prends-le, » dit Mademoiselle Lili.

Puisqu'on lui prend son bateau, Petit-Pierre tend la main pour avoir son gros deux sous, mais Mademoiselle Lili a oublié sa bourse.

« Les voilà, tes deux sous! » dit majestueusement Paul à Petit-Pierre.

Petit-Pierre est ranimé par la possession de ce trésor. Mademoiselle Lili a retrouvé son calme; elle explique à ce bêta de Petit-Pierre que ce qu'il lui faut, c'est un vrai vaisseau, un vaisseau de capitaine et même d'amiral, un vaisseau très-grand et très-solide, qui puisse aller sur l'eau, avec des personnes dedans et beaucoup de provisions, parce qu'on ira très-loin et qu'il faut tout prévoir, même les tempêtes.

AUTOUR DU MONDE

CETTE FOIS, PETIT-PIERRE LEUR MONTRE UN SUPERBE BATEAU.

AUTOUR DU MONDE

V

Petit-Pierre a enfin compris. Il entraîne Mademoiselle Lili et Monsieur Paul sur le bord de la petite rivière qui longe la partie la plus éloignée du parc, et, cette fois, près de la rive, dans le jardin à côté, il leur montre un superbe bateau attaché à un arbre. Ce bateau a deux bancs, deux rames, un coffre, un gouvernail et même un trou pour qu'on puisse y dresser un mât avec un drapeau au bout.

Mademoiselle Lili et Monsieur Paul déclarent que c'est là le vaisseau qu'il leur faut.

« Avec ça et du courage, s'écrie Monsieur Paul, on peut aller au bout du monde !

— Et même plus loin ! » dit Mademoiselle Lili.

Toto, qui est tout oreilles, demande s'il y a des cocos au bout du monde.

« Il y a de tout, répond Mademoiselle Lili, et même des cannes à sucre. »

Toto, transporté, se met à cabrioler.

On révèle alors à Petit-Pierre, après lui avoir fait jurer le secret, ce qu'on prétend faire du vaisseau, et on lui apprend qu'il doit être du voyage.

Petit-Pierre est étonné, mais il veut bien tout de même... *si on lui promet formellement* qu'il y aura à manger dans le vaisseau. Petit-Pierre pourrait bien être un peu porté sur sa bouche.

« Certainement qu'il y aura à manger, dit Paul. Le vaisseau sera plein de vivres. »

Petit-Pierre, rassuré, s'engage à bord de la corvette *la Belle-Lili :* c'est le nom que Paul a galamment proposé pour le vaisseau et qui a été adopté à l'unanimité, moins une voix, celle de Toto, qui aurait mieux aimé que l'on nommât le vaisseau « *le Toto.* »

C'est le papa de Petit-Pierre qui est le gardien du bateau. Petit-Pierre l'aura quand il voudra. Le propriétaire est un Monsieur peintre qui en a deux et qui ne se sert jamais de celui-là, parce qu'il est bien trop grand pour un seul Monsieur.

AUTOUR DU MONDE

ON PROCÈDE A LA DISTRIBUTION DES GRADES.
MADEMOISELLE LILI SE NOMME AMIRALE.

VI

On monte dans le bateau pour voir comment on y sera et aussi pour procéder à la distribution des grades. Mademoiselle Lili, qui a eu la première idée de l'expédition, se nomme amirale en chef de la flotte. Paul, qui a déjà ramé une fois, qui doit d'ailleurs entrer à l'école navale et qui est très-ferré sur sa géographie, sera le capitaine du vaisseau et le général de l'armée de débarquement. Toto sera le colonel des mousses et le commandant de la chaloupe (le petit bateau en sureau, qui pourrait être utilisé en cas de naufrage).

Petit-Pierre sera naturellement tout le reste.

AUTOUR DU MONDE

PRÉPARATIFS D'EMBARQUEMENT.

AUTOUR DU MONDE

VII

L'embarquement a été fixé à lundi prochain. On a donc deux jours pour faire les préparatifs. Il est entendu que, pendant ces deux jours, chacun mettra à part sur ses repas tout ce qu'il pourra, pour grossir les provisions de bouche; qu'on aura soin de se munir de vêtements pour le chaud et le froid; qu'on n'oubliera rien enfin de ce qui pourra assurer le succès d'une si grande entreprise.

Il est en outre résolu qu'on ne reviendra que quand on aura fait LE TOUR DU MONDE TOUT ENTIER.

Pendant ces deux jours, ce ne sont que voyages furtifs de chacun des enfants, se faufilant chargés de paquets dans les allées les plus couvertes qui de la maison conduisent au bord de l'eau. Toutes les choses qui leur paraissent indispensables à l'agrément ou à l'utilité du voyage sont portées dans le coffre du bateau du voisin, que le capitaine Paul appelle de son véritable nom « *la cambuse.* »

Petit-Pierre est d'une grande aide dans cette circonstance. Il est fort comme un Turc, Petit-Pierre, et quoiqu'il n'ait guère que ses six ans, il est adroit, infatigable. Il a aussi la qualité de penser au solide.

PETIT-PIERRE A PENSÉ AU SOLIDE.

AUTOUR DU MONDE

VIII

Mademoiselle Lili a fait porter dans le vaisseau un carton rempli de chiffons et de rubans, et plusieurs colliers de perles, et aussi des petits couteaux pour les sauvages, un bon manteau pour les temps froids, quand on sera dans les glaces, son en-tout-cas pour les temps de pluie et son ombrelle pour le soleil quand on sera en Afrique.

Paul a des armes de toute espèce, un fusil, des arcs, des flèches, quelques livres de voyage et une carte du monde, qui l'absorbe beaucoup.

Toto a fait provision de sucres d'orge, plus trois biscuits, une orange, des billes, deux trompettes et un tambour pour jouer avec les petits nègres, s'ils sont gentils; il n'a pas oublié son sabre de bois, pour s'en défendre s'ils ne le sont pas; et il a caché dans un coin du bateau une armée de soldats de plomb contenus dans une boîte de sapin qui leur servira de caserne : il y en a à pied et à cheval, et il y a aussi des canons de cuivre qui partent quand on les charge avec un petit bouchon. Toto emporte de plus une ménagerie qui contient toutes les espèces connues des animaux du Jardin des Plantes. Monsieur Toto a son idée : il songe à faire un jardin d'acclimatation dans l'île qu'il découvrira. C'est un petit gaillard très-entendu, Monsieur Toto, il pense à tout. Il a été longtemps indécis de savoir s'il emmènerait Monsieur Polichinelle. Mais Monsieur Polichinelle, consulté, a réclamé avec tant d'instance l'honneur d'accompagner son ami Toto dans son aventureuse expédition que Monsieur Toto s'est rendu à ses vœux. Il voulait aussi emmener Monsieur Minet pour manger les souris des îles inhabitées qu'on pourra rencontrer; mais Petit-Pierre a fait sagement observer que les chats ne peuvent pas souffrir l'eau : il a donc fallu laisser Monsieur Minet à la vieille Jeannette, qui, d'ailleurs, l'aime comme son fils et aura bien soin de lui.

Quant à Petit-Pierre, il a pensé sagement au solide. Il a acheté avec l'argent que lui a confié Monsieur Paul deux miches, deux saucissons, un fromage, des poires, des pommes et aussi des navets, des choux, des carottes et des pommes de terre. Il a mis enfin dans le fond du bateau sa bêche et sa pelle. Il avait encore été chargé par Mademoiselle Lili de porter au bateau un pot de confitures, mais comment cela s'est-il fait? Quand il est arrivé au bateau, le pot de confitures était vide.

Je soupçonne Petit-Pierre d'y avoir goûté.

MADEMOISELLE LILI ARMÉE D'UNE LONGUE-VUE.

AUTOUR DU MONDE

IX

Dans les intervalles de temps que lui laissent ses préparatifs, chacun se forme à remplir l'emploi auquel il est destiné. Mademoiselle Lili, armée d'une longue-vue qu'elle s'est fabriquée avec du carton roulé et cousu, s'exerce à regarder au loin et à prédire, d'après les nuages et le vent, le temps qu'il va faire. Paul rame sur un banc avec deux manches à balai pour se rendre habile au maniement des rames. Quand il est fatigué, il se plonge dans l'étude de la carte, car il ne s'agit pas d'aller à l'aventure : le capitaine Paul entend voyager avec méthode et faire d'abord le plan du grand voyage.

Le bon Toto, lui, s'exerce à grimper au tronc des arbres. Le colonel des mousses doit savoir monter au mât. Mais c'est bien difficile ! Le ventre de Monsieur Toto est un peu gros, ses petits bras sont courts, ses jambes ne sont pas longues, et il pèse beaucoup par derrière, Monsieur Toto. Quand il s'agit de s'enlever tout seul, ce n'est pas une petite affaire. Les arbres sont très-difficiles, le mât sera plus commode.

PAUVRE LOULOU! S'ÉCRIE LILI, IL AURAIT TROP DE CHAGRIN
SI ON LE LAISSAIT.

X

Les préparatifs sont terminés. L'amirale Lili a fait la revue des provisions et donné le coup d'œil du chef à tous les apprêts. Tout est bien. La vue des trois biscuits de Toto lui a rappelé le proverbe « qu'il ne faut pas s'embarquer sans biscuit. » Mais qu'est-il arrivé? le capitaine Paul se frappe le front.

« Qu'y a-t-il? demande l'amirale.

— Il y a, dit Paul, que nous allions oublier peut-être le principal. Certes, nous ne laisserons pas ici le brave Loulou, Loulou si bon, si dévoué, Loulou qui peut, dans les contrées sauvages, dans les forêts vierges, nous rendre tant de services en nous avertissant du danger. Il n'a peur de rien, ni des chats, ni des couleuvres; il n'aura pas peur davantage des lions, des tigres et des serpents. Quel renfort précieux ce sera pour nous!

— Pauvre Loulou! s'écrie Lili émue jusqu'aux larmes, c'est vrai, il aurait trop de chagrin, si on le laissait. »

Loulou est très-reconnaissant, et fait voir qu'on peut compter sur lui.

Quelle joie! Ah! le bon chien! Il embrasse tout le monde. Il a fait tant de fête à Monsieur Toto en particulier qu'il l'a bousculé et jeté par terre. Toto, qui est tombé sur l'herbe, ne lui en veut pas; au contraire, il rit tant que Petit-Pierre va être obligé de l'aider à se relever.

AUTOUR DU MONDE

ORDRE EST DONNÉ A PETIT-PIERRE DE LEVER L'ANCRE.

AUTOUR DU MONDE

XI

Tout est prêt. L'heure solennelle a sonné. L'équipage, l'amirale en tête, se jette à genoux et appelle les bénédictions du ciel sur le voyage de *la Belle-Lili*. Ce pieux devoir accompli, chacun se relève plus fort. Justement une douce brise se lève et fait flotter le drapeau tricolore attaché au haut de la grande perche qui doit servir de mât. Un vent propice souffle de l'est. La corvette *la Belle-Lili* se balance fièrement sur les eaux et semble elle-même impatiente de partir. Le signal de l'embarquement est donné. Tout s'opère avec ordre; d'abord l'amirale, puis Monsieur Toto, qui s'assied sur le coffre : Monsieur Polichinelle est à ses côtés; Monsieur Loulou s'étend à ses pieds, sa bonne grosse tête appuyée sur les genoux de son petit ami.

Monsieur Paul et Petit-Pierre, assis sur leur banc, tiennent chacun une rame. L'amirale, son petit chapeau de feutre gris, orné d'une belle plume rouge, légèrement incliné sur l'oreille, les cheveux au vent, la lunette à la main, se tient debout à l'avant. Ordre est donné à Petit-Pierre de lever l'ancre. La corde qui retenait le navire est détachée. Une légère secousse se fait sentir. Mademoiselle Lili et Monsieur Toto, surpris par le mouvement imprimé au bateau, perdent un instant l'équilibre; mais ce n'est rien. Le bateau glisse sur l'eau avant même que les rameurs n'aient donné un coup de rame.

« Tant mieux ! dit le capitaine Paul, le courant est pour nous, servons-nous-en. »

Petit-Pierre, qui aime à ménager ses forces; tire des noix de sa poche et se met en devoir de les croquer. « Donne-m'en, dit Toto, tout épluchées. »

LA TERRE FUIT. TOTO EST EMERVEILLE.

XII

La terre fuit. Toto est émerveillé. Les arbres glissent, les rives aussi, et les maisons se sauvent en courant. Le parc est déjà hors de vue. *La Belle-Lili* s'avance majestueusement entre deux berges fleuries. Les prés se déroulent tout brodés de fleurs. Toto voudrait bien qu'on arrêtât pour faire des bouquets pour sa petite tante.

« Impossible, » dit l'amirale.

Et s'adressant au capitaine Paul :

« Capitaine Paul, d'après votre estime, combien de nœuds à l'heure ?

— Plus de mille, dit Paul. Du train dont nous filons, nous serons bientôt en Amérique. Déjà nous avons perdu de vue les côtes de France. »

On aperçoit au loin des nuages de fumée, du sein desquels s'échappent quelques lueurs rougeâtres. On entend le bruit lointain des marteaux sur le fer.

« C'est peut-être la forge à Monsieur Taboureau, » dit Petit-Pierre.

L'amirale hausse les épaules. « Ça, dit-elle, c'est la brumeuse Angleterre...

— C'est la perfide Albion, la terre des marchands, » dit Paul.

Toto ne veut pas aller en Angleterre : c'est là qu'il y a trop de gouvernantes, c'est plein de miss, ce pays-là, qui forcent les petits garçons à dire « yes » et à travailler, et qui leur font manger leurs tartines de beurre en dessous, quand ils ne lisent pas bien.

On rassure Toto. On n'abordera pas cette terre trop connue. *La Belle-Lili* est réservée à de plus glorieuses destinées.

AUTOUR DU MONDE

NOUS SOMMES EN PLEINE MER, VOYEZ PLUTOT, L'EAU EST SALÉE.

XIII

La rivière s'élargit. « Nous sommes en pleine mer, s'écrie le capitaine Paul, voyez plutôt, l'eau est salée. »

Chacun goûte l'eau.

« Oui, elle est salée, dit Lili.

— Oui, oui, » dit Toto, qui trouve l'eau moins douce que son sucre d'orge.

Petit-Pierre, qui a goûté l'eau comme les autres, ne la trouve pas salée du tout, mais, pour ne pas être appelé nigaud, il ne dit rien. D'ailleurs, Monsieur Paul est plus savant que lui, et s'il dit que c'est salé, il faut le croire.

AUTOUR DU MONDE

QUAND IL PLEUT, DIT MONSIEUR TOTO, CE N'EST PAS QU'IL FAIT BEAU.

XIV

« La barre à bâbord! » s'écrie Paul, qui craint d'aborder en Angleterre.

L'amirale met fièrement la barre à bâbord. Le capitaine Paul agite sa rame. La corvette se met à tourner sur elle-même. Le coup de rame donné par Paul a fait voler l'écume par-dessus la tête de Monsieur Toto. Monsieur Toto, qui a senti quelques gouttes d'eau, trouve qu'il fait mauvais temps.

« Mais non, dit le capitaine Paul.

— Mais si, dit Toto, quand il pleut, ce n'est pas qu'il fait beau! »

Paul lui explique que c'est un grain, et Toto, ne comprenant rien à l'explication, est bien obligé de se taire. Petit-Pierre, qui s'est aperçu que moins on rame, mieux cela va, se croise consciencieusement les bras.

Cependant la rivière s'est considérablement élargie. C'est à peine si l'on peut en apercevoir les bords.

« Voilà l'Océan, s'écrie le capitaine Paul.

— Oui, l'océan Atlantique, » répond l'amirale.

Il semble bien à Petit-Pierre que la rivière a tout bonnement débordé, ce qui fait comme un immense étang; mais il ne dit rien de peur d'encourir les plaisanteries du capitaine.

Mademoiselle Lili lui demande s'il a pensé à embarquer un tonneau d'eau. Petit-Pierre répond qu'il n'a pas cru nécessaire de porter de l'eau à la rivière.

Décidément ce pauvre Petit-Pierre n'est bon à rien, il est bête!...

AUTOUR DU MONDE

MAIS LE CAPITAINE PAUL LUI IMPOSE SILENCE.

XV

En entendant parler d'eau, Toto découvre qu'il a faim. L'amirale Lili lui dit de s'adresser au pourvoyeur!

Petit-Pierre demande à Monsieur Toto ce qu'il veut. Toto voudrait seulement sa tasse de chocolat, qu'il n'a pas pu prendre parce qu'on est parti trop matin. Petit-Pierre lui offre une pomme et du pain.

« C'est pas chaud, » dit Toto d'un air désappointé.

Petit-Pierre propose alors d'amener la corvette à terre : là il ne sera pas embarrassé de faire cuire la pomme. L'amirale refuse, parce qu'on pourrait tomber entre les mains des sauvages.

« Eh! précisément, en voilà, s'écrie le capitaine Paul en montrant une demi-douzaine de naturels à peu près nus, qui se baignent dans les flots de l'Océan.

— Des sauvages! des sauvages! répond Toto, qu'est-ce que c'est que ça?

— C'est des hommes qui quelquefois mangent de la chair fraîche, répond Lili.

— Des ogres alors! fait Toto, j'ai peur! »

Et Monsieur Toto se met à pleurer.

Petit-Pierre veut le consoler en lui disant que ces sauvages-là, c'est tout bonnement Jeannot, le fils du forgeron; Tourniquet, le neveu du sonneur; Larmichon, le fils du cordonnier; mais le capitaine Paul d'un regard terrible lui impose silence.

Et le capitaine, remis de son émotion, commande une manœuvre pour fuir ce qu'il appelle « la côte d'Afrique. »

En apprenant qu'elle est en Afrique, l'amirale ôte son petit chapeau. « Dieu! qu'il fait chaud! » dit-elle.

Il est décidé qu'on mangera les pommes crues. En Afrique, il est bon de se rafraîchir. Et puis, il faut garder le saucisson pour le dîner.

Petit-Pierre fait la distribution.

MAIS C'EST LA PATURE AU PÈRE RIBOULEAU, DIT PETIT-PIERRE.

XVI

Pendant qu'on mange, le temps s'est couvert; il commence à tomber de larges gouttes d'eau tiède : c'est une tempête qui se prépare.

« Nous sommes dans de mauvais parages, dit le capitaine Paul. Il y a eu souvent des naufrages par ici. Il faut ouvrir l'œil. Voyez-vous ce cap qui s'avance en pleine mer? ajoute-t-il, en montrant une pointe de terre située à quelques « encâblures. »

— Ça, dit Petit-Pierre, c'est le bout de la pâture au père Ribouleau.

— La pâture!!! s'écrie le capitaine en lui faisant les gros yeux, c'est le cap de Bonne-Espérance, au bout de l'Afrique, le cap des Tempêtes, et nous allons entrer dans la mer des Indes.

— La mer des Indes! s'écrie l'amirale. Ah! que c'est beau de voyager!

— Mais il pleut, dit Toto. Je suis tout mouillé! »

L'amirale ouvre son en-tout-cas pour abriter Toto. On demande à Petit-Pierre s'il a pensé à se précautionner d'une tente.

« J'en ai bien deux! dit Petit-Pierre, ma tante Ursule et ma tante Catherine. »

Quel imbécile! Quand Mademoiselle Lili lui a expliqué qu'il ne s'agit ni de tante Ursule ni de tante Catherine, mais d'une tente en toile pour s'abriter :

« Ah! bien, dit Petit-Pierre, je n'en ai point, mais si vous voulez, nous pouvons toujours bien descendre à terre et nous mettre sous un arbre. »

L'amirale déclare que c'est là une très-mauvaise idée, il y a danger à s'abriter sous les arbres pendant qu'il tonne.

« Mais il ne tonne pas, » dit Petit-Pierre.

Paul hausse les épaules. Il tonne toujours au cap des Tempêtes. Est-ce qu'il peut y avoir des tempêtes sans tonnerre?

Petit-Pierre écoute encore, il n'entend rien.

« Décidément il est sourd, s'écrie le capitaine exaspéré.

— Après ça, dit Petit-Pierre, puisque les rames ne servent à rien, on peut bien les utiliser pour faire une hutte en les dressant contre les bords du bateau, à quelques pieds de la grande perche et en les couvrant avec le tablier de cuisine de Jeannette (ce tablier avait servi à Petit-Pierre pour porter les légumes au bateau).

— Ce sera parfait, » dit l'amirale.

Petit-Pierre se met à l'œuvre, aidé de Paul, et la tente se dresse. Les cordons du tablier ont servi de ficelles pour fixer la tente. C'est très-joli et très-commode.

JE CROIS QUE C'EST UNE TEMPÊTE POUR DE BON.

XVII

Je crois que c'est une tempête pour de bon. Le vent souffle et soulève de grosses vagues. Le tonnerre gronde. Le ciel est devenu tout noir. Des éclairs éblouissants suivis d'éclats terribles obligent l'équipage à fermer les yeux et à se boucher les oreilles.

Heureusement que Monsieur Toto s'est endormi, tenant dans ses bras la tête de Loulou. Quelle peur il aurait eue!

L'amirale n'est pas rassurée, et le capitaine Paul dissimule imparfaitement son émotion.

En effet, la corvette s'incline, elle bondit sur la cime des flots. La barre du gouvernail est arrachée des mains de Mademoiselle Lili. Il faut se cramponner aux bancs pour ne pas être jeté dehors. Le mât plie à se rompre et la toile de la tente menace de se déchirer.

Petit-Pierre, lui, est tranquille; il a fait son signe de croix, il n'a plus rien à craindre. Le capitaine et l'amirale trouvent qu'il a eu une bien bonne pensée, et s'agenouillant, par une petite prière ils se mettent sous la protection de celui qui commande aux flots et aux vents.

AUTOUR DU MONDE

C'EST LE BONHOMME FISTOULET QUAND IL EST EN TRAIN
DE FAIRE SON CHARBON.

XVIII

Dieu a entendu leur prière! La tempête a passé comme un orage d'été. Il fait si chaud que le capitaine Paul ôte sa petite veste et que l'amirale se débarrasse de son manteau. Elle a repris sa longue-vue et parcourt tous les points de l'horizon.

« Terre! terre! s'écrie-t-elle enfin.

— Quelle terre? demande Paul.

— Une île, répond Mademoiselle Lili, car l'eau a l'air de tourner tout autour. »

Le capitaine Paul consulte sa carte, fait ses relèvements, et d'un air joyeux il s'écrie :

« C'est l'Ile-de-France! l'île de Paul et Virginie!

— Débarquons, débarquons, » dit Mademoiselle Lili.

Mais le vent est contraire, et l'Ile-de-France, qui n'est qu'une grosse colline envahie par l'inondation, est bientôt dépassée, au grand regret de l'amirale.

Cependant les surprises se succèdent dans ce merveilleux voyage autour du monde. Quelques minutes après qu'on a perdu de vue l'Ile-de-France, Toto, qui, pour imiter sa cousine, regarde à travers sa petite main demi-fermée, signale une fumée à l'horizon.

« C'est bien cela, dit le capitaine Paul, c'est le volcan de l'île Bourbon.

— Un volcan! s'écrie l'amirale.

— Un volcan! » fait Petit-Pierre tout étonné.

En effet, là-bas est un monticule de terre; du sommet de cette montagne s'échappe une fumée noire.

« Bon, dit Petit-Pierre, je sais à présent ce que c'est qu'un volcan; c'est le bonhomme Fistoulet quand il est en train de faire son charbon.

— Son charbon! réplique le capitaine d'un air sévère. Voilà maître Pierre qui prend les volcans pour des feux de charbonniers!

— Il est fou! » dit Lili.

Petit-Pierre se promet de ne plus souffler, puisque décidément il ne peut pas ouvrir la bouche sans dire une bêtise. Seulement il trouve en lui-même que le courant est bien fort, il lui semble qu'il entraîne *la Belle-Lili* bien loin du château.

AUTOUR DU MONDE

NOUS SOMMES PERDUS! S'ÉCRIE L'AMIRALE.

XIX

La Belle-Lili a continué sa course rapide. On a passé devant des continents, devant des presqu'îles, devant des îles, des îlots, c'est-à-dire des monticules de terre plus ou moins grands que la crue des eaux a séparés. Paul et Lili ont parfaitement reconnu les Indes, les îles de la Sonde, l'Australie. Ils sont en ce moment en plein océan Pacifique, et naviguent hardiment à travers toute l'Océanie.

La mer est immense et parfois un peu houleuse. Il faut bien prendre garde. L'amirale tient la barre d'une main ferme, et, quand il le faut, Toto se réveille pour l'aider de son petit bras.

Tout à coup, on aperçoit une grande île, une île véritable cette fois. Le capitaine déclare que c'est l'île de Juan-Fernandez, célèbre par le séjour de Robinson Crusoé.

« Quel bonheur! s'écrie l'amirale.

— Quel bonheur! s'écrie Monsieur Toto, voilà les cannes à sucre, voilà les cocos et tant d'autres bonnes choses qui vont venir!

— Ça, dit Petit-Pierre, oubliant sa résolution, c'est l'île de Ribochet. J'y ai été deux fois avec Antoine... »

Pour le coup c'est trop fort. L'amirale impose vertement silence à maître Pierre. S'il dit encore un mot, on l'attachera au haut de la vergue. Petit-Pierre ne demanderait pas mieux que de voir l'île de Robinson, dont il a tant entendu parler depuis trois jours; mais il a beau se frotter les yeux, il ne peut pas être de l'avis du capitaine.

Heureusement que ses chefs, occupés à regarder au loin, ne s'aperçoivent pas de son entêtement.

L'amirale Lili et le capitaine Paul sont si absorbés dans la contemplation de la fameuse île de Robinson, qu'ils ne font plus attention à la marche du navire. Ce n'est que quand il n'est plus temps de virer de bord que le capitaine Paul s'aperçoit que la corvette, lancée à toute vitesse, est en péril de donner contre d'immenses récifs.

« Nous sommes perdus ! » s'écrie l'amirale.

Ce cri d'alarme était à peine poussé que Mademoiselle Lili, le capitaine Paul, le pauvre Toto et son ami Loulou étaient, par un choc violent, renversés en tas les uns sur les autres.

Est-ce que Petit-Pierre n'aurait pas bon cœur? Pendant que l'amirale pousse des cris aigus, que le capitaine Paul s'emporte, que Monsieur Toto pleure et que Monsieur Loulou hurle, il a l'air d'avoir peine à s'empêcher de rire.

Si le capitaine Paul l'avait vu, bien sûr il l'aurait mis aux fers dans le fond de cale. C'est surtout à bord des navires que la discipline est nécessaire, et le respect des chefs en est la base.

MADEMOISELLE LILI PANSE LA BLESSURE DU CAPITAINE PAUL.

XX

Tout le monde est relevé. La robe de l'amirale est très-déchirée. Le capitaine Paul a un grand bleu sur l'os de la jambe, mais il n'est pas mort. Mademoiselle Lili panse la blessure avec son mouchoir trempé dans l'eau de mer. C'est très-bon, l'eau salée, pour les blessures. Monsieur Toto n'a pas eu de mal, mais il n'est pas content. Dans la bagarre, son bout de sucre d'orge est tombé dans l'eau. Les baleines vont le manger, et cela ne fait pas son affaire. Quant à Loulou, il a pris son parti en brave : dès qu'il a pu se dégager, il s'est jeté à la nage. Il aboie joyeusement de la rive et semble inviter par ses gambades l'équipage à suivre son exemple.

« Avec tout cela, dit le capitaine, voilà notre navire pris entre deux énormes rochers !

— Mais non, dit l'incorrigible Petit-Pierre, c'est pas des rochers, ça ! c'est des grosses pierres qu'on a mises là pour que ce soit commode d'arriver dans l'île en sautant de l'une sur l'autre. »

Il faut convenir que Petit-Pierre est un drôle de corps, il ne comprend rien à rien, et il est si simple qu'il n'a jamais l'air étonné.

Mademoiselle Lili et Paul regardent l'île d'un air fort inquiet : elle est encore bien loin, selon eux, et, d'ailleurs, est-elle habitée? ne l'est-elle pas? — s'il y avait des sauvages... Graves questions ! « Ou des lions, ou des tigres pires que des lions, et peut-être aussi des serpents, » dit le capitaine Paul.

Mademoiselle Lili et Monsieur Paul se communiquent leurs appréhensions tout bas pour ne pas faire peur au pauvre Toto; mais Toto n'est pas à tout ce qu'ils disent, il contemple l'eau qui lui a englouti son sucre d'orge. Tout à coup il pousse un cri de joie. Il prétend qu'il voit son sucre d'orge au fond de la mer et que si Petit-Pierre était bien gentil, il irait le lui chercher.

AUTOUR DU MONDE

LE SUCRE D'ORGE DE MONSIEUR TOTO ET LE HOMARD.

XXI

Petit-Pierre ne fait ni une ni deux, il ôte ses sabots, retrousse son pantalon — il n'a pas la peine d'ôter ses bas, puisqu'il n'en a pas, — et descendant dans l'eau, qui justement n'est pas profonde, il rapporte, en se mouillant un peu, son sucre d'orge à Monsieur Toto triomphant.

Quand Monsieur Toto tient son sucre d'orge, sa joie diminue, parce que son sucre d'orge lui-même a diminué : bien sûr, les requins en ont sucé beaucoup.

« Mais non, dit Petit-Pierre, ça fond dans l'eau, ces affaires-là. »

Toto n'est pas convaincu ; d'un œil courroucé il cherche dans l'abîme le requin assez osé pour toucher à un sucre d'orge qui ne lui appartenait pas.

« Le voilà ! le voilà ! » s'écrie-t-il tout à coup.

Monsieur Toto a vu tout au fond de l'eau une énorme bête toute noire, qui s'avance à pas lents vers Petit-Pierre, et qui va, bien sûr, le manger.

« Rentre dans le bateau, mon Petit-Pierre, s'écrie-t-il, prends garde à la grosse bête ! vois comme elle ouvre ses grandes pattes !... »

Les exclamations de Monsieur Toto ont éveillé l'attention du capitaine ; il suit des yeux la direction indiquée par Toto et voit le monstre.

« Ton requin est un homard, dit-il à Toto d'un ton dégagé, n'aie pas peur, Toto ! »

Puis, s'adressant courageusement à Petit-Pierre :

« Prends-le, dit-il. Aie bien soin de le saisir par le milieu du corps, pour que ses pinces ne te coupent pas le bras... »

Petit-Pierre aperçoit le homard, et se baissant avec un grand sang-froid qui fait frémir Mademoiselle Lili, il le tire du fond de l'eau.

« Mais, dit-il, c'est une écrevisse, ça; c'est pas un homard que ça s'appelle chez nous. »

Le capitaine Paul n'y tient plus. « En vérité, dit-il, cet imbécile de Petit-Pierre se croit toujours dans le ruisseau qui borde le jardin de son père! »

Cependant Petit-Pierre, mis en goût par sa pêche, regarde sous les grosses pierres, et pêche successivement douze belles écrevisses qu'il met bien tranquillement au fond du bateau.

AUTOUR DU MONDE

MONSIEUR TOTO SAIT BIEN QUE C'EST PAS ÇA DES ÉCREVISSES:
LES ÉCREVISSES, C'EST ROUGE.

XXII

Une fois le premier moment passé, les écrevisses se mettent à marcher, chacune de son côté, dans l'espoir de sortir du bateau, et quelques-unes se dirigent du côté de Monsieur Toto. Monsieur Toto n'aime pas cela, il lève ses petites jambes le plus haut qu'il peut. Il ne veut pas du tout avoir les pieds coupés. Il sait bien que ce n'est pas là des écrevisses : les écrevisses, c'est rouge, c'est tranquille, ça ne marche pas, et c'est sur des assiettes qu'on les trouve toujours, avec de la bonne sauce qui pique la langue. Petit-Pierre, pour le rassurer, les met dans son bonnet de coton.

Monsieur Loulou suit cette opération avec beaucoup d'intérêt. Cela lui paraît drôle, des écrevisses.

AUTOUR DU MONDE

TOTO MONTE A CHEVAL SUR LE DOS DE PETIT-PIERRE.

XXIII

Il est impossible de rester plus longtemps dans cette situation critique. Déjà la corvette craque. Si elle allait sombrer !... Il faut débarquer. Le bateau remue beaucoup, quoique Petit-Pierre le retienne avec la corde le plus près possible de la rive. L'amirale ne se soucie pas de s'aventurer sur toutes ces pierres-là, qui doivent glisser, Toto non plus. Mais enfin tout peut s'arranger. Toto monte à cheval sur le dos de Petit-Pierre, qui s'y prend très-adroitement pour porter son petit paquet sur la plage où Monsieur Loulou le reçoit en sa garde.

AUTOUR DU MONDE

DÉBARQUEMENT DE L'AMIRALE LILI.

XXIV

Reste l'amirale, car le capitaine Paul sera bien de force à se sauver tout seul. Petit-Pierre arme chaque main de Mademoiselle Lili d'un aviron en guise de grande béquille. Pendant qu'elle saute de grosse pierre en grosse pierre, il marche dans l'eau à côté d'elle pour indiquer à ses pieds la bonne place qui ne glisse pas, et le sauvetage finit par s'opérer.

Le capitaine Paul resté le dernier sur son bord, comme c'est son devoir, après un instant d'hésitation, saute à son tour de récif en récif, et arrive enfin sur la terre ferme, où tout l'équipage l'attendait avec une anxiété facile à concevoir.

AUTOUR DU MONDE

ILS SE JETTENT DANS LES BRAS LES UNS DES AUTRES.

XXV

Quand les naufragés se voient tous réunis, ils se jettent dans les bras les uns des autres et rendent grâces à Dieu de ce salut inespéré.

L'amirale adresse ensuite à Petit-Pierre ses remercîments d'une voix émue. Toto et Loulou lui sautent au cou pour l'embrasser.

La modestie de Petit-Pierre, qui trouve tout simple ce qu'il a fait, est embarrassée devant ces effusions. Il tourne et retourne la mèche de son bonnet de coton dans ses doigts. C'est sa manière d'exprimer ses sentiments.

Je trouve que Petit-Pierre est un brave garçon, et j'espère n'être pas seul de mon avis.

AUTOUR DU MONDE

QUELLE SITUATION! QUE DEVENIR?

XXVI

Oh ! malheur !!!

En sautant avec trop de vivacité du pont de *la Belle-Lili* sur le premier récif, le capitaine Paul a du pied repoussé le navire en pleine mer...

Cette découverte change en consternation la joie des naufragés. Plus de vivres ! plus de vêtements ! plus d'armes ! plus de soldats !

Le bateau, emporté par un courant rapide, disparaît bientôt à droite de l'île. C'en est fait ! on ne le verra plus...

Petit-Pierre lui-même est devenu très-sérieux. Ce qu'il regrette le plus, ce sont les deux miches.

Quant à Monsieur Toto, il est inconsolable et ne cesse de crier : « Monsieur Polichinelle ! Monsieur Polichinelle ! »

Le fait est que Monsieur Polichinelle a très-mal agi en restant dans la barque. Toto le soupçonne de l'avoir fait exprès pour ne pas se séparer des biscuits. Malgré cela, il a bien du chagrin en pensant aux dangers que va courir Monsieur Polichinelle.

Cependant l'amirale et le capitaine Paul se retirent à l'écart et tiennent conseil. Quelle situation ! Que devenir ? Que faire ? L'amirale a les yeux pleins de larmes qu'elle voudrait bien retenir et qui coulent silencieusement sur ses joues pâlies. Elle pense à sa chère maman, à son père si bon, à la vieille Jeannette, qui l'a élevée, et même à la bonne Miss, qu'elle regrette bien à cette heure de n'avoir pas consultée. Elle jette un regard attendri sur l'innocent Toto. Paul et elle, étendant les mains de son côté, se jurent de lui servir de père et de mère.

Pendant ce temps, Monsieur Toto, que les agaceries de son ami Loulou ont fini par distraire de ce qu'il appelle la fuite de Monsieur Polichinelle, joue sur la plage avec Loulou, qui est très-satisfait de se retrouver sur la terre ferme en liberté.

« Heureux enfant! dit Mademoiselle Lili en regardant son petit cousin, heureux âge que celui qui échappe aux soins de l'avenir! »

AUTOUR DU MONDE

TOUT N'EST PAS PERDU. ALLONS A LA DECOUVERTE!

XXVII

Petit-Pierre, voyant la tristesse de ses chefs, insinue qu'il se pourrait bien qu'on en fût quitte pour passer la nuit à la belle étoile. Il espère qu'Antoine le pêcheur viendra, suivant son habitude, le lendemain matin avec son bateau retirer les lignes de fond qu'il a dû jeter au bord de cette île.

Le capitaine lui répond qu'il est moins raisonnable que Toto, et même que Loulou, de penser à des choses pareilles. Ils sont à plus de mille lieues d'Antoine, qui n'a bien sûr jamais mis le pied dans l'île de Juan-Fernandez.

« Mais, dit Lili, si c'est l'île de Robinson, nous allons trouver quelques restes de l'ancien établissement de Robinson.

— Courage! dit Paul. Tout n'est pas perdu. Allons à la découverte! »

Et, déjà, ils se sont avancés dans les terres, laissant Toto confié à la garde de Petit-Pierre et de Loulou.

OH! NON, DIT LILI : SI C'ETAIT DU POISON.

XXVIII

Lili et Paul, après avoir marché longtemps, très-inquiets du silence qui les entoure et des bêtes qui leur partent sous les pieds, ont découvert un gros arbre chargé de fruits dont la forme et la couleur leur rappellent les pommes, mais cela ne peut pas être un pommier. Il n'y en avait pas dans l'île de Robinson. Les fruits sont trop rouges, d'ailleurs

« Faut-il en cueillir? dit Lili.

— Faut-il en manger? dit Paul.

— Oh! non, dit Lili : si c'était du poison! »

Paul, à force de sauter, finit par attraper un de ces fruits mystérieux.

« Mets-le dans ta poche, dit Lili.

— Cela ne sent pas du tout la pomme, dit Paul. Petit-Pierre, en sa qualité de fils de jardinier, nous dira peut-être ce que c'est : c'est là des choses de son état. »

Mais ils n'ont pas de temps à perdre. Ils se dirigent vers une forêt qui leur apparaît derrière une ligne de rochers.

« Vois comme les arbres sont hauts, dit Paul.

— Et touffus, dit Lili. Il doit faire très-noir dans cette forêt-là.

— C'est, reprend Paul, comme cela que sont toutes les forêts vierges. Avançons toujours, tu te mettras derrière moi, Lili.

— Non, dit bravement Lili : à côté! Je dois partager tes dangers. »

AUTOUR DU MONDE

OUI, DIT PAUL, REPLIONS-NOUS SUR NOTRE CORPS D'ARMÉE.

XXIX

Le cœur leur bat à l'approche de la forêt Comme c'est sombre! Ils se regardaient indécis, quand tout à coup un rugissement terrible sort des profondeurs de la forêt.

Ils s'arrêtent comme pétrifiés.

« C'est un lion! dit Paul.

— Allons défendre Toto, s'écrie Lili.

— Oui, dit Paul, replions-nous sur notre corps d'armée. »

Et, pressant leur course, ils arrivent haletants, suffoqués, sur la plage, sans avoir pris le temps de regarder si l'ennemi était sur leurs traces. Ils auront cependant le courage de ne pas dire à leurs infortunés compagnons la cause de leur retour précipité. Une île où il y a des lions, c'est encore pis qu'une île déserte.

PETIT-PIERRE N'EST PAS BÊTE.

XXX

Le pauvre Toto ne joue plus, il a faim.

« Où sont les cocos et les cannes à sucre que tu avais dits, ma Lili?

— Hélas! hélas! répondit Lili, rien! Je n'ai encore rien trouvé, mon enfant. »

Montrant alors des roseaux à Petit-Pierre : « C'est-il sucré, ça? lui dit Toto.

— Non, dit Petit-Pierre, ça n'es pas de la nourriture pour les chrétiens.

— Serions-nous donc condamnés à mourir de faim sur cette terre inhospitalière! dit Lili.

— Ou à nous dévorer entre nous pour soutenir notre triste existence! dit Paul.

— Quelle horreur! s'écrie Lili.

— Dame! dit Paul, cela se fait dans les voyages, et l'on a même vu des bons cœurs se dévouer pour prolonger la vie de leurs compagnons. »

En parlant ainsi, Paul jette les yeux sur Petit-Pierre. Lili terrifiée baisse les yeux : elle a compris!

« Pauvre Petit-Pierre, dit-elle : bien sûr, il faudrait que j'aie cent fois plus faim que je n'ai, quoique j'aie bien faim déjà, pour me décider à le manger. Attendons, Paul! Cherchons! Tout plutôt que cette abominable extrémité... »

Petit-Pierre, qui ne soupçonne pas les pensées sinistres de l'amirale et du capitaine, a cependant l'air fort préoccupé. Il se gratte le front comme s'il voulait en faire sortir une idée; il se promène lentement sur le bord de l'eau, examinant de ci, de là, les accidents de la rive, sondant de l'œil chaque recoin. Tout à coup il jette ses sabots, retrousse de nouveau son pantalon et entre bravement jusqu'aux genoux dans la rivière. Petit-Pierre n'est pas bête.

Qu'est-ce qu'il veut faire? Lili le voit marcher tout doucement à demi courbé, tenant son bonnet de coton ouvert à deux mains et le traînant dans les creux que les flots ont pratiqués sous les bords.

Petit-Pierre lui fait signe de ne pas faire de bruit. Quelques minutes se sont à peine écoulées qu'il se relève poussant un cri joyeux. D'un saut il a remonté sur la berge.

AUTOUR DU MONDE

PIQUE DIT PETIT-PIERRE A LOULOU.

XXXI

S'approchant alors des naufragés, qui de leur côté sont accourus vers lui, Petit-Pierre jette triomphant sur le sable un animal très-long, qui se tortille et se redresse sous les yeux de Monsieur Toto effrayé.

Loulou lui-même s'est mis en arrêt.

« Pique, » lui dit Petit-Pierre. Et d'un coup de croc sur la tête de l'horrible animal, le vaillant Loulou l'a mis à mort.

« C'est un serpent ! s'est écrié Monsieur Paul.

— Le serpent de mer ! dit Lili.

— Eh non ! réplique Petit-Pierre, c'est une anguille, et une fameuse encore ! pour notre souper. Elle dormait...

— Ça, une anguille ! dit le capitaine, taisez-vous et prenez garde à vous, Petit-Pierre : c'est un serpent à sonnettes, ou peut-être un boa. Ah ! si j'avais seulement une hache d'abordage ! .. La queue est encore en vie. »

UN BON FEU.

XXXII

Le boa remuait encore. Petit-Pierre, qui ne sait pas ce que c'est qu'un boa, mais qui sait très-bien ce que c'est qu'une anguille, prend l'animal un peu au-dessous de la tête, et s'approchant d'une branche d'arbre, il l'y accroche par le cou au moyen d'une ficelle; puis, à l'aide de sa serpette, qu'il a gardée dans sa poche, il dépouille l'anguille de sa peau, comme on ôterait son bas en le retournant.

« Au fait, dit le capitaine, c'est peut-être une anguille, mais nous ne sommes pas des Esquimaux pour manger du poisson cru. »

Mademoiselle Lili fait tout bas la réflexion que cela vaudrait toujours mieux que de manger le pauvre Petit-Pierre.

Petit-Pierre, tout à son affaire, a tiré de sa poche un briquet et de l'amadou; puis, ramassant des feuilles et du bois sec, il fait, au pied d'une sorte de roc qui se dresse au bord de l'eau, un bon feu. Bientôt l'anguille, coupée en morceaux, est mise par lui sur les charbons.

C'EST UNE VACHE, ÇA! ÇA N'EST PAS UN LION!

AUTOUR DU MONDE

XXXIII

« Ça ne va pas être bien bon sans pain, dit Mademoiselle Lili.

— Et sans moutarde, ajoute le capitaine.

— Moi, dit Toto, j'aime pas ça, la moutarde, ça pique, et j'aime bien pas le pain. »

Toto, en voyant la cuisine de Petit-Pierre, s'était soudain réconforté. Petit-Pierre, après Loulou, était devenu son favori.

Tout à coup le capitaine bondit. Le rugissement de la forêt..., il vient de l'entendre de nouveau.

« Le lion! dit-il, le lion!...

— Eh! non, dit Petit-Pierre, c'est une vache, ça; ça n'est pas un lion! »

L'amirale ne peut garder son sérieux; un franc éclat de rire, bien inattendu dans un pareil moment, jaillit de ses lèvres. Le capitaine Paul en est décontenancé, mais, comme au fond il n'est pas fâché de la substitution, il se range, pour cette fois, à l'avis de Petit-Pierre.

Un nouveau rugissement se fait entendre, encore plus rapproché.

« Oui, oui, dit Toto, c'est bien la voix d'une bonne vache, ça. »

Toto est ravi. La bonne vache doit avoir du bon lait.

Tout l'équipage s'est retourné, et l'on aperçoit à mi-chemin du bois une belle vache blanche, qui s'avance à pas lents d'un air curieux.

L'anguille est oubliée. Les enfants se mettent à la poursuite du faux lion; mais, en les voyant venir, la vache se retourne, et, prenant sa course, elle disparaît dans le fourré, au grand mécontentement de Monsieur Toto.

« C'est une vache sauvage, bien sûr, dit le capitaine; tu vois, Petit-Pierre, que les hommes lui font peur.

— C'est égal, dit Lili, il faut tâcher de la retrouver, nous la dompterons.

— Et je monterai dessus, » dit Toto essoufflé de sa course, comme le petit François dans *Robinson suisse*.

AUTOUR DU MONDE

UNE ESPÈCE DE GÉANT

XXXIV

En poursuivant leur chemin pour aller au-devant de la vache, les enfants voient se dresser devant eux au-dessus d'un champ de blé une espèce de géant, un ogre peut-être, les bras ouverts comme pour saisir quelque chose qu'on ne voit pas. Heureusement le géant n'a pas la figure tournée de leur côté; mais si c'était un ogre! Les ogres, ça y voit peut-être aussi par derrière. En tout cas il n'est que temps de se sauver.

PETIT-PIERRE ESCORTÉ PAR MONSIEUR LOULOU.

XXXV

Petit-Pierre, qui était resté en place occupé à retirer un caillou de son sabot, a regardé à son tour le géant et a cru le reconnaître pour un mannequin fabriqué avec un vieux chapeau et une vieille blouse de son oncle Antoine. Afin de s'assurer qu'il ne se trompe pas, il a pris le parti d'aller tout contre, armé d'une grosse trique et escorté par Monsieur Loulou.

RIEN QU'UN BONHOMME A FAIRE PEUR AUX OISEAUX.

XXXVI

Petit-Pierre toujours suivi de Loulou retourne vers ses compagnons, portant sur son épaule le mannequin au bout du pieu qui le soutenait. Paul est stupéfait ainsi que Mademoiselle Lili et Toto.

« Rien qu'un bonhomme à faire peur aux oiseaux, leur crie Petit-Pierre.

— C'est bien un géant, réplique Lili, et toi tu es David, tu as vaincu Goliath.

— Ah ben, ah ben, une drôle de victoire ! Si elle n'était pas lourde, elle serait drôle. »

AUTOUR DU MONDE

SI C'ÉTAIT ROBINSON !

XXXVII

Après cet incident, qui a fini par les faire beaucoup rire, les enfants pénètrent dans le bois. Ils n'ont pas fait cinquante pas qu'ils aperçoivent au milieu d'une clairière un être bizarre, un être en vie pour cette fois, coiffé d'un chapeau pointu à larges bords qui lui cache la moitié de la figure, et très-barbu. Assis sur le tronc d'un arbre renversé, il se tient sans remuer sous une sorte de parapluie blanc piqué au haut d'un long manche qui est fiché en terre. Cet être mystérieux regarde avec tant d'attention un grand morceau de carton placé sur ses genoux qu'il ne s'est pas aperçu de la présence des naufragés.

« Sauvons-nous ! dit Toto, c'est un sauvage !

— Cependant, si c'était Robinson lui-même? dit Lili.

— Ce ne peut être que lui, répond Paul, puisque nous sommes dans son île; d'ailleurs, voilà bien son parasol.

— Pauvre Robinson ! reprend Lili. Et dire que tout le monde le croyait mort. D'abord, moi, je n'aime pas la fin de son histoire; c'est très-amusant quand il est seul avec Vendredi dans son île; mais plus tard, quand les Anglais et les sauvages y viennent, je trouve ça moins bien, et j'aime beaucoup mieux que ce soient des menteurs qui aient ajouté cette fin-là et qu'elle ne soit pas vraie. »

UN GROS ARBRE DONT LE TRONC CACHAIT LES ENFANTS.

XXXVIII

Tout cela se disait derrière un gros arbre dont le tronc cachait les enfants. Mademoiselle Lili risque seulement un œil de temps en temps pour examiner Monsieur Robinson. Elle trouve qu'il a une bonne figure, mais le capitaine Paul n'est pas de cet avis. Robinson ou non, il est peut-être méchant, il est peut-être devenu sauvage. « Ah ! si j'avais mon fusil, ou seulement mes flèches ! » dit-il à Lili, derrière laquelle il s'est placé.

Toto, voyant que Paul et Lili se cachent, s'est mis lui-même derrière un arbre ; mais l'arbre qu'il a choisi est encore jeune et mince, et ne dissimule guère plus le pauvre gros Toto que ne le ferait une grande aiguille.

C'est égal, Monsieur Toto est tranquille ; il se croit bien caché. D'ailleurs, il ferme les yeux de toutes ses forces ; à l'âge de Toto c'est le meilleur moyen pour n'être pas vu.

Petit-Pierre, lui, n'a pas bougé. Il considère l'individu assis d'un air curieux, et reste à découvert avec un sang-froid qui fait bouillir le sang dans les veines de Monsieur Paul.

« Tiens ! tiens ! dit Petit-Pierre tout à coup, mais c'est le Monsieur peintre qui va toujours avec Antoine pour faire le portrait des bords de l'eau, votre Robinson ! »

Paul, exaspéré de la bêtise de Petit-Pierre, le battrait s'il était près de lui. « Viens donc, lui dit-il avec colère, viens donc ! Tu vas nous faire découvrir si tu ne te caches pas mieux que cela... »

MONSIEUR LOULOU S'ÉTAIT DÉJA MIS EN POSITION.

AUTOUR DU MONDE

XXXIX

Mais voici bien une autre affaire! Loulou, après s'être arrêté un instant à contempler l'homme assis, prend son élan et, en quelques bonds, va droit à lui.

Le sang se fige dans les veines des enfants. C'en est fait! Loulou a déclaré la guerre et ils sont désarmés!

Mais quoi! le sauvage, ou Robinson, fait bon accueil à Monsieur Loulou. Il ne se fâche pas, quoiqu'il lui ait bousculé son carton. Il lui parle comme à une vieille connaissance... Qu'est-ce que cela veut dire?...

« Ah! ah! c'est vous, Monsieur Loulou! Vous êtes un peu brusque aujourd'hui, à ce que je vois. Vous comptez donc sur l'amitié des gens que vous tombez sur eux sans vous faire annoncer? Vous m'avez fait faire un faux trait, Monsieur Loulou, mais ça vous est bien égal à vous, ces choses-là. Comment diable êtes-vous dans l'île à cette heure? Vous avez donc pris la clef des champs, et passé l'eau à la nage? C'est bon, c'est bon, tenez-vous tranquille; je vous comprends, vous venez chercher votre morceau de sucre : soyez sage, on va vous le donner. »

Fouillant alors dans sa poche, le sauvage en tire un bon gros morceau de sucre qu'il pose sur le nez de Monsieur Loulou, qui déjà s'était mis en position, comme un factionnaire sous les armes, pour le recevoir. Le sauvage fait signe du doigt à Monsieur Loulou de ne pas bouger. Loulou, qui paraît très-fort sur l'exercice, obéit à ce signe et se tient coi, assis sur son derrière.

« Une ! dit le sauvage, deux ! » Puis frappant dans ses mains : « Trois ! » s'écrie-t-il. Loulou fait un saut, le sucre vole en l'air, et Monsieur Loulou, à la grande admiration des enfants, qui ne lui soupçonnaient pas ces talents, le rattrape au vol *dans sa bouche.*

« Bravo! dit le sauvage, bravo! Monsieur Loulou, vous n'avez pas volé votre déjeuner. » Et prenant un morceau de pain qui est à côté de lui, il l'offre poliment à Monsieur Loulou, qui n'en fait qu'une bouchée.

AUTOUR DU MONDE

NE BOUGEZ PAS, DIT LE SAUVAGE, PAS UN GESTE... SINON...

XL

« Je voudrais bien être à la place de Loulou, dit le capitaine Paul à Lili.

— Et moi donc! » répond l'amirale.

Toto ne dit rien, mais il avait fini par ouvrir les yeux; il a vu toute la scène, et au fond du cœur il en veut à son ami Loulou de ne lui avoir rien gardé de ce bon goûter.

Le sauvage, dont l'attention, jusque-là, avait été absorbée par son entretien avec Monsieur Loulou, lève alors les yeux. Le premier objet qui frappe sa vue, c'est Monsieur Toto derrière son petit bouleau. Monsieur Toto, pétrifié de voir les regards du sauvage fixés sur lui, a refermé les yeux de toutes ses forces et ne bouge pas plus qu'un petit hérisson pris au gîte.

« Tiens! tiens! dit le sauvage, est-ce qu'il sort de dessous terre, ce mioche-là? »

Il aperçoit alors successivement Petit-Pierre, puis, derrière le gros arbre, un pan de la robe et la moitié de la tête de Mademoiselle Lili, et enfin celle du capitaine Paul.

« Ah çà! dit-il en se levant, il pousse donc des bambins dans cette île? Moi qui m'en croyais le Robinson! Cherchez donc la solitude pour travailler tranquillement. Cela va être commode de finir mon esquisse avec ces petits gaillards-là! Heureusement j'y vais mettre ordre, en les priant d'aller voir, et plus vite que cela, au bout de l'île si j'y suis. »

Mais tout d'un coup et comme si une idée nouvelle lui venait, étendant la main de leur côté : « Ne bougez pas, dit-il d'une voix ferme, restez tranquilles, pas un geste!... sinon... »

Et prenant son petit carnet et son crayon qu'il avait déposés un instant : « Allons, dit-il, à quelque chose malheur est bon. Je voulais faire une île déserte, je vais faire une île habitée par des moutards. Ils sont gentils, ces petits-là... Celui qui ferme les yeux est impayable ! »

Il n'est pas besoin de dire que les enfants stupéfaits ont obéi à l'injonction du sauvage. Ils demeurent immobiles dans leur position, comme des condamnés à mort qui n'ont plus qu'à attendre le coup qui va les frapper.

« Pourvu qu'il nous tue bien vite ! » se dit Paul en lui-même.

Mademoiselle Lili, malgré sa terreur, remercie le ciel de ce que le sauvage n'a pas l'air de penser à les scalper, comme c'est souvent la coutume des sauvages. Ses cheveux se dressent sur sa tête à cette terrible pensée.

Quelques minutes se passent, qui semblent un siècle aux petits malheureux ; après quoi, le sauvage remettant son crayon sur le tronc d'arbre : « En voilà assez, » dit-il, et faisant de la main un signe à Petit-Pierre : « Viens à l'ordre, toi, » dit-il ; puis s'adressant à Paul, à Lili et à Toto aussi : « Et vous, Monsieur, et vous, Mademoiselle, et toi, moutard, faites-en autant. Et expliquez-moi catégoriquement par suite de quelles révolutions vous êtes dans mon empire. Êtes-vous venus en ballon ? ou sur le dos d'un dauphin ? à pied ou à cheval ? car je ne suppose pas que vous ayez abordé cette contrée déserte à la nage. »

MADEMOISELLE LILI SE DÉCIDA LA PREMIÈRE A RÉPONDRE.

XLI

Mademoiselle Lili, il faut lui rendre cette justice, se décida la première à répondre :

« Monsieur le sauvage, dit-elle, ou Monsieur Robinson (ce que j'aimerais bien mieux), je vais vous dire tout ce qui nous est arrivé, si vous voulez bien nous promettre de ne pas nous manger...

— Sapristi! dit le sauvage, vous me prenez donc pour un ogre ou un cannibale, capable de vous manger tout crus?

— Oh! dit Paul, il nous fera cuire...

— Détrompez-vous, ma petite demoiselle, continua le sauvage d'une voix qui sembla s'adoucir, je ne suis ni l'un ni l'autre, et vous n'avez pas besoin d'avoir peur de moi; mais si je vous fais grâce de la vie, c'est à une condition cependant, — c'est que vous me direz *toute la vérité!!* »

AUTOUR DU MONDE

LE CAPITAINE PAUL S'ARMA DE COURAGE.

XLII

L'émotion avait coupé la parole à Mademoiselle Lili; elle sentait ses jambes plier sous elle; elle avait envie de se jeter aux pieds du sauvage.

« Maman! maman! » pensait-elle.

Le capitaine Paul, voyant que Lili était incapable de soutenir la conversation, s'arma de courage, et faisant un pas du côté du redoutable inconnu :

« Lili n'est pas coupable, dit-il avec une générosité dont chacun lui saura gré, Toto ne l'est pas davantage, ni Petit-Pierre, ni Loulou. Ne punissez que moi, Monsieur le sauvage, retenez-moi tout seul en esclavage. Je remplacerai votre Vendredi, s'il le faut, mais pardonnez à tous les autres! »

Il raconta alors l'histoire de la journée dans tous ses détails, énumérant les nombreux pays qu'il avait côtoyés dans ce mémorable voyage. Il fit un récit pathétique des dangers qu'ils avaient courus dans leur expédition maritime, ainsi que de leur naufrage si malheureux, encore aggravé par la perte de la corvette *la Belle-Lili*. Il ajouta même qu'ils avaient tous bien faim et que s'il pouvait leur éviter de manger de l'anguille sans pain, qui était restée à la cuisine du rocher, ou bien Petit-Pierre tout cru, ils lui en seraient éternellement reconnaissants.

Je suis obligé de dire, en ma qualité d'historien, que le sauvage riait dans sa barbe en écoutant ce lamentable récit.

Quand Monsieur Paul eut fini, le sauvage, redressant sa grande taille, prit la parole, et leur fit un discours dont Monsieur Paul et Mademoiselle Lili ne perdirent pas un mot, je vous l'affirme, quoiqu'il fût assez long. Chacun d'eux et même Monsieur Toto, surtout dans le commencement, comprenait trop qu'il était plein de vérités.

« C'est un noble goût que le goût des voyages, dit le sauvage, quand on les entreprend à un âge où on peut le faire utilement pour soi-même et pour ses semblables. Mais les oiseaux ne sortent pas sans danger de leur nid avant que leurs ailes soient poussées, et c'est à quoi vous n'avez pas pensé au début de votre fameuse expédition. Je vois donc que j'ai affaire à de petits toqués qui n'ont pas compris un mot de ce qu'ils avaient lu et qui ont voulu faire les hommes, alors qu'ils ne sont que des bambins. Si Dieu n'avait pas veillé sur vous, Mademoiselle Lili, sur Monsieur Paul votre cousin et sur l'infortuné petit Toto, que vous avez entraîné dans votre faute, vous auriez tous pu périr dans votre aventure : l'eau est un élément perfide qu'il ne faut braver que quand on est de force à le dominer.

« C'est très-beau d'être assez fort, assez patient, assez courageux, assez résigné, assez confiant en Dieu pour ne pas désespérer de son sort quand on a été jeté dans une île déserte comme Robinson Crusoé, et pour montrer que l'homme réduit à lui-même peut encore, avec l'aide de Dieu, conjurer les dangers de l'isolement; mais aller de soi-même au-devant du malheur et s'exposer à des périls inutiles pour son seul agrément, c'est de la folie, et, passez-moi le mot, mes petits amis, c'est de la bêtise.

« C'est aussi de l'ingratitude envers ceux qui vous aiment et entourent votre enfance de tous les soins dont elle a besoin. Votre papa et votre maman, Mademoiselle Lili, votre oncle et votre tante si bons, qui remplacent pour vous les parents que vous avez perdus, Monsieur Paul, et toi, Monsieur Toto, auraient depuis ce matin le droit de croire que vous ne les aimez pas du tout... »

AUTOUR DU MONDE

OH! MONSIEUR LE SAUVAGE, NOUS LES AIMONS.

XLIII

« Nous les aimons, nous les aimons bien! s'écrient les enfants en fondant en larmes... et en tombant à genoux. O Monsieur le sauvage, nous les aimons!

— Vous ne l'avez pas prouvé par votre escapade, » reprit le sauvage. Et reprenant son sage discours : « Il ne faut pas être chimérique dans la vie, et sacrifier le bonheur qu'on a sous la main pour courir après des bonheurs imaginaires.

« Robinson Crusoé, Robinson suisse et sa famille ont eu à lutter contre le malheur qu'ils n'avaient pas cherché, et se sont, par leur sagesse et leur courage, montrés supérieurs à toutes les difficultés de leur position. Mais ils n'ont jamais passé un jour de leur vie dans leur île, même quand ils s'y trouvaient le mieux, sans regretter amèrement la société de leurs semblables, leur famille, leurs amis ou leur patrie perdue. La preuve en est que, malgré toutes les consolations que Dieu avait ménagées à leur détresse, ils ont accueilli comme une joie suprême la cessation de leur triste solitude.

« Si le bon Dieu ne m'avait pas mis sur votre chemin, si vous aviez passé seulement une nuit dans cette île, vous auriez très-certainement attrapé quelque grosse fluxion de poitrine. Et je vous demande qui est-ce qui vous aurait soignés ici, si votre abandon s'était prolongé? Qui est-ce qui aurait été le médecin, et la cuisinière pour les tisanes? Qui est-ce qui vous aurait bordés dans vos lits pour vous garantir du froid, vous qui n'auriez eu que la terre humide pour vous coucher et que les pierres pour oreiller? Qui est-ce qui vous aurait embrassés, fortifiés dans cette rude épreuve qui ne pouvait aboutir qu'à la mort et qui n'aurait laissé sur votre mémoire que la honte?

« Car enfin vous n'êtes pas plus dans l'île de Robinson que dans la lune, mes pauvres petits. Vous n'avez vu que la rivière débordée et non la mer, mes pauvres enfants. Vous êtes à trois quarts de lieue de chez vous, Mademoiselle et Messieurs les grands voyageurs, et c'est déjà trop pour des marins de votre espèce. Vous n'avez pas plus fait le tour du monde qu'un colimaçon se promenant sur sa feuille de chou ou sur la table ronde d'un jardin. L'île où vous êtes est bien l'île Ribochet, comme vous le disait Petit-Pierre, dont la tête me paraît en tout cela être restée plus saine que les vôtres. Le récit de vos prétendus exploits vous couvrira de ridicule, si jamais il est rendu public, ce que je souhaite pour l'instruction de tous les enfants présents et à venir. Ce sera là votre punition, punition bien douce, eu égard à l'étendue de votre faute. »

Les enfants courbaient la tête. Monsieur Paul, Mademoiselle Lili sentaient trop la justesse de ces paroles pour y trouver rien à redire.

« Nous avons été fous, dit Paul à Lili.

— Oui, dit-elle, archifous ! »

Petit-Pierre écoutait avec admiration. Il n'aurait jamais cru qu'un simple peintre pût si bien parler.

« J'espère, dit encore le sauvage, car je ne veux pas vous laisser plus longtemps dans la perplexité, que la leçon que vous vous êtes donnée à vous-mêmes vous profitera et que vous ne recommencerez JAMAIS une pareille escapade. Si vous m'en faites la promesse, je vais vous reconduire à l'autre bout de l'île où j'ai laissé mon bateau. Là il y aura pour chacun de vous un morceau de pain et de fromage, avec un doigt de vin, et de l'eau à discrétion que nous puiserons dans la mer, maître Paul, et que vous ne trouverez plus salée, je suppose.

« Puis, quand ce splendide festin sera achevé, je prendrai mes deux rames et je vous reconduirai chez vous, où la pauvre vieille Jeannette, ingrats que vous êtes, et la bonne miss Dora doivent être éperdues de votre absence. Il est quatre heures, il faudra remuer les bras pour arriver avant la nuit, car ça remonte. C'est égal, cela peut s'arranger.

« Allons ! en route ! »

AUTOUR DU MONDE

ET PRENANT AVEC PRÉCAUTION MONSIEUR TOTO DANS SES GRANDS BRAS.

XLIV

« Ainsi, dit Lili, ainsi... vous n'êtes ni un sauvage ni Monsieur Robinson?

— Encore! dit le peintre, ah! quelles têtes! et qu'il est difficile de replacer la raison dans les petites caboches d'où elle s'est une fois envolée! Mais non, je ne suis pas Robinson. Je suis un ami de votre père, invité par lui à venir passer un mois à sa campagne pour faire des études de paysage, et qui, dérouté par son absence, me suis logé chez Antoine le pêcheur pour attendre son retour. Est-ce clair, cela?

— Oh! dit Lili, comme vous devez nous trouver bêtes, Monsieur le peintre!

— Bêtes? dit le bon sauvage, non, mais, comme vous l'avez dit vous-mêmes, un peu fous, mes chers petits. Mais à propos, voulez-vous me permettre de vous embrasser, Mademoiselle Lili?

— Oh! dit Lili, en tendant les deux bras, je n'osais pas vous le demander, mais j'en avais envie. Il me semble que cela va être un peu comme si j'embrassais déjà mon papa... »

Paul rougissait, attendant son tour.

« Allons! lui dit le peintre, donne-moi tes deux joues, capitaine.

« Ah çà! mais, ajouta-t-il, où est donc Monsieur Toto? Est-ce que par hasard mon sermon l'aurait mis en fuite?

— Oh! que non, Monsieur Ernest, dit Petit-Pierre, seulement il l'a endormi.

— Ne le dérangeons pas, » dit l'aimable artiste en riant, et prenant avec précaution Monsieur Toto dans ses grands bras, il se rendit avec ses nouveaux amis au bateau.

Je ne raconterai pas le retour au bateau. Vous voyez d'ici l'ordre et la marche de la caravane : Monsieur Toto dormant comme un bienheureux dans les bras du peintre. Mademoiselle Lili portant le grand bâton de son parapluie, le capitaine Paul portant avec fierté le parapluie lui-même, — tout le monde marchant très-vite pour arriver plus tôt au bateau, et pensant au pain, au fromage et au vin qu'ils allaient y trouver... La soirée était belle, mais un peu fraîche, ce qui ne fut pas un mal. La fraîcheur rendit le calme au cerveau des navigateurs, et quand, après la distribution des vivres faites, ils se virent embarqués sur le bateau du père Antoine, commandés par un grand capitaine comme Monsieur Ernest, ils ne se sentirent pas d'aise.

Déjà, cela va sans dire, ils avaient jugé en eux-mêmes la vanité de leur escapade.

AUTOUR DU MONDE

DES GENS ARMÉS DE LUMIÈRES COURAIENT LE LONG DE LA RIVIÈRE.

XLV

Cependant, lorsqu'ils approchèrent de la maison, l'inquiétude les reprit. Que se passait-il donc? Des gens armés de lumières couraient le long de la rivière; d'autres, entrés dans l'eau, en sondaient tous les recoins : tout le monde, les voisins eux-mêmes étaient sur pied.

Mais que devint Mademoiselle Lili quand, au milieu des voix qui se répondaient, demandant si l'on n'avait rien trouvé, elle reconnut la voix inquiète de son père, donnant des ordres et fouillant lui-même la rivière aux endroits les plus périlleux, et qu'elle aperçut sa mère, à demi morte d'épouvante, retenue par des amis au bord de l'eau?

« Maman! maman! » s'écria-t-elle.

Un cri déchirant lui répondit.

« Lili! Lili! j'ai entendu sa voix! »

Quand la barque aborda, Lili s'élança sur la rive. Sa pauvre maman était évanouie. Son père, ramené par le jardinier, tout ruisselant d'eau, était auprès d'elle.

« La punition, la voilà!... » dit Lili à Paul, en lui montrant sa mère pâle et comme sans vie.

Paul et Lili éplorés se jetèrent à genoux, baisant les mains de la pauvre malade.

AUTOUR DU MONDE

AH! DIT LA PAUVRE MÈRE, J'AI CRU QU'ON POUVAIT MOURIR DE JOIE.

AUTOUR DU MONDE

XLVI

Heureusement rappelée bientôt à la vie, elle rouvrit les yeux et les bras presque en même temps.

« Ah! dit la pauvre mère, j'ai cru qu'on pouvait mourir de joie... »

La vieille Jeannette s'arrachait les cheveux, s'accusant de n'avoir pas surveillé les enfants.

Enfin tout s'expliqua.

Les enfants montraient un tel repentir, ils sentaient si bien leur faute, que Monsieur et Madame D... n'eurent pas le courage de trop les gronder.

Il est inutile de dire avec quelles effusions Monsieur le sauvage fut remercié. On remercia aussi Petit-Pierre qui, en effet, avait été le seul raisonnable, le seul sensé dans cette fameuse journée.

Quant à Toto, il regretta longtemps de n'avoir trouvé ni cocos ni cannes à sucre dans son voyage autour du monde. Il répétait sans cesse que, puisqu'il n'en avait vu nulle part, c'est qu'il n'y en avait peut-être que dans les livres, et cela lui ôta beaucoup de sa confiance dans les choses imprimées.

AUTOUR DU MONDE

MONSIEUR POLICHINELLE AVAIT MANGÉ TOUS LES BISCUITS.

AUTOUR DU MONDE

XLVII

Monsieur Toto est trop sceptique. Ce ne sera qu'en grandissant qu'il jugera mieux de cette question et de bien d'autres. J'allais oublier un fait capital. Le surlendemain, Monsieur Polichinelle fit sa rentrée dans la maison. On l'avait retrouvé dans le bateau à plus de deux lieues de l'île, tout près de la chute d'un moulin. Encore un peu et la corvette *la Belle-Lili* était submergée avec son unique passager. Il n'avait pas trop souffert du voyage. Il paraît que sa gaieté naturelle l'avait soutenu dans cette terrible épreuve.

Il paraît aussi qu'il avait mangé tous les biscuits, car il avait extrêmement grossi et les biscuits avaient disparu. Monsieur Toto lui reprocha sa fuite encore plus que sa gourmandise. Il faut convenir que, pour ce qui est de la gourmandise, le pauvre Monsieur Polichinelle était bien excusable. Passer une nuit à jeun, à côté de très-bons biscuits, et sur l'eau, cela aurait pu lui faire beaucoup de mal.

On ne sera pas fâché, je l'espère, d'apprendre que le célèbre peintre Ernest B. devint, toujours après Loulou, le meilleur ami de Toto. Seulement Toto ne put jamais se déshabituer de l'appeler Robinson, et le nom lui resta. Il n'a rien de déshonorant.

FIN

TABLE

9 août

FIN DE LA TABLE

J. HETZEL & CIE, 18, RUE JACOB

Bibliothèque illustrée de Mlle Lili et de son cousin Lucien

ALBUMS EN 7, 8, 9 & 12 COULEURS

	cart.	rel.
LE MOULIN A PAROLES. Album de 8 planches par FRŒLICH, texte par P. J. STAHL.	1f 50c	3f »
MONSIEUR CÉSAR. Album de 12 planches par FRŒLICH, texte par P.-J. STAHL.	1 50	3 »
HECTOR LE FANFARON. Album de 8 planches par FRŒLICH, texte par P.-J. STAHL.	1 50	3 »
JEAN LE HARGNEUX. Album de 8 planches par FRŒLICH, texte par P.-J. STAHL.	2 »	3 50
HISTOIRE D'UN AQUARIUM ET DE SES HABITANTS, par ERNEST VAN BRUYSSEL, dessins imprimés en douze couleurs.	6 »	8 »

PREMIER AGE.—JEUNES FILLES—JEUNES GARÇONS

	cart.	rel.
HECTOR LE FANFARON, texte par P.-J. STAHL. Album illustré par FRŒLICH.	1f	2 50
JEAN LE HARGNEUX, texte par P.-J. STAHL. Album illustré par FRŒLICH.	1	2 50
ZOÉ LA VANITEUSE, texte par P.-J. STAHL. Album illustré par FRŒLICH.	1	2 50
MADEMOISELLE PIMBÊCHE, texte par P.-J. STAHL. Album de 16 dessins par FRŒLICH.	2	3 50
LE ROI DES MARMOTTES, texte par P.-J. STAHL. Album de 17 dessins par FRŒLICH.	2	3 50
ALPHABET DE Mlle LILI. Album de 30 dessins par FRŒLICH, imprimé en rouge et noir par SILBERMANN.	3	4 50
L'ARITHMÉTIQUE DE Mlle LILI. Album de 38 dessins par FRŒLICH.	3	4 50
LA JOURNÉE DE Mlle LILI, texte par P.-J. STAHL, 22 vignettes par FRŒLICH.	3	4 50
Mlle LILI A LA CAMPAGNE, texte par P.-J. STAHL. Album de 27 dessins par FRŒLICH.	3	4 50
LE PETIT TYRAN, texte par P.-J. STAHL. Album de 24 dessins par MARIE.	3	4 50
MONSIEUR TOC-TOC, texte par P.-J. STAHL. Album de 26 dessins par FRŒLICH.	3	4 50
CAPORAL, le CHIEN DU RÉGIMENT. Album de 26 dessins par LANÇON.	3	4 50
LES PREMIÈRES ARMES DE Mlle LILI, texte par P.-J. STAHL. Album de 25 dessins par FRŒLICH.	3	4 50
LE PETIT DIABLE, texte par P.-J. STAHL. Album de 23 dessins par FRŒLICH.	3	4 50
LES PETITES AMIES, texte par P.-J. STAHL. Album de 21 dessins par PLETSCH.	3	4 50
L'HISTOIRE D'UN PAIN ROND. Album illustré de 34 dessins par FROMENT.	3	4 50
PIERROT A L'ÉCOLE. Album illustré de 33 dessins de G. FATH.	3	4 50
L'HISTOIRE DU GRAND ROI COCOMBRINOS, silhouettes enfantines par MICK NOEL.	3	4 50
BÉBÉ A LA MAISON. Album illustré par FRŒLICH.	4	5 50
BÉBÉ AUX BAINS DE MER. Album illustré par FRŒLICH.	4	5 50
VOYAGE DE Mlle LILI AUTOUR DU MONDE, par P.-J. STAHL. Album de 49 dessins par FRŒLICH.	5	7 »
VOYAGES DE DÉCOUVERTES DE Mlle LILI, par P.-J. STAHL. Album de 49 dessins par FRŒLICH.	5	7 »
LE ROYAUME DES GOURMANDS, par P.-J. STAHL. Album de 49 dessins en trois couleurs, par FROMENT.	5	7 »
LA BELLE PETITE PRINCESSE ILSÉE, conte allemand, par P.-J. STAHL, dessins par FROMENT, encadrements rouges.	5	7 »
AVENTURES SURPRENANTES DE TROIS VIEUX MARINS, par JAMES GREENWOOD, dessins par ERNEST GRISET. Album in-4°.	5	7 »

MAGASIN D'ÉDUCATION

JEAN MACÉ — P.-J. STAHL — JULES VERNE

Collection complète : 10 beaux volumes grand in-8°

Brochés, 60 fr. — Cart. dorés, 80 fr.

Cette précieuse collection contient la valeur de 50 volumes, 2000 dessins par nos artistes les plus célèbres, et 200 contes, récits, voyages, articles de science ou de littérature, par nos écrivains les plus autorisés. C'est la seule œuvre collective, à l'usage de la jeunesse, qui ait été couronnée par l'Académie française.

Chaque volume séparément : Broché, 6 fr. — Cart. doré, 8 fr

PARIS. — J. CLAYE, IMPRIMEUR, 7, RUE SAINT-BENOIT. — [illegible]

www.ingramcontent.com/pod-product-compliance
Ingram Content Group UK Ltd.
Pitfield, Milton Keynes, MK11 3LW, UK
UKHW021109200726
13857UKWH00003B/1140